Tina Willms

Fenster zum Himmel

Die Kraft der Träume

Agentur des Rauhen Hauses Hamburg

Träumer: Oft gelten sie als verschrobene, wirklichkeitsfremde Spinner. „Träum nicht!", werden sie ermahnt, „du könntest darüber die Wirklichkeit vergessen. Komm lieber zurück auf den Boden der Tatsachen." „Träume sind Schäume", sagt das Sprichwort. Wie Seifenblasen sind sie, die schnell zerplatzen. Flüchtig, fragil und wenig lebenstauglich.

Aber das ist nur die Hälfte der Wahrheit, so scheint mir.

Denn manchmal haben die Träume wichtige Botschaften für uns. Sie bieten Leitlinien für die Zukunft an. Sie retten in Gefahr oder helfen, das Leben anders, neu zu deuten.

Und dann gibt es die Träume von einer anderen Welt. Ihnen wohnt eine ungeheure Kraft inne. Sie inspirieren uns und wecken unsere Fantasie. Die Träumer und Träume der Bibel: Sie könnten uns zum Vorbild werden. Sie ermutigen uns, auf Traumbilder zu achten und ihre Botschaften zu entschlüsseln. Sie spornen an, uns trösten, ermahnen und beflügeln zu lassen von der Kraft der Träume. Sie treiben uns an, die Welt zu verändern.

Und Gott erwachte

Möglich,
dass es ein Traum war,
mit dem alles begann.

Bilder zogen vorbei,
gewoben aus Wolken und Licht,
und auf der Erde begann es
zu grünen.

Eine Raupe kroch aus dem Ei.
Ein einzelner Vogel sang.
Aus dem Meer stieg ein Walross.
Ein Mensch stand auf.

Und Gott erwachte
aus seinem Traum
und sprach:
Es werde.

Wie im Paradies

Wie einen Sommermorgen, so stelle ich mir das Paradies vor, den Garten Eden. Die Welt wirkt wie eben erschaffen, ganz frisch und neu, Tau liegt auf dem Gras und glitzert, Blüten und Blätter leuchten in einem Licht, das leicht zu sein scheint.
Und wenn die Bibel auf ihren ersten Seiten von Adam und Eva erzählt, so stelle ich mir vor, wie die beiden sich dort bewegen: in einer kindlichen Freude, selbstvergessen und ohne Scheu. Ohne zu fragen, nehmen sie die Welt an, wie sie ist, durchstreifen sie und fassen nach ihren Früchten. Sie scheinen glücklich zu sein, ohne zu ahnen, dass sie es sind.
Im Garten Eden scheint die Zeit stillzustehen, die Tage sind ungezählt und alles, was ist, bleibt so frisch und neu wie am Anfang, gänzlich unversehrt.
Manche Momente scheinen an dieses Paradies zu erinnern. Ein Sommermorgen, ein selbstvergessenes Glück, ein himmlischer Geschmack auf der Zunge. Wenn sie vorbei sind, hinterlassen sie eine Sehnsucht nach diesem Urzustand, in dem wir Menschen uns niemals mehr dauerhaft aufhalten können. An unserer Welt nagt die Zeit, die Sonne brennt den Tau fort, Wolken ziehen auf und schieben sich vor das Licht.
Aus den Paradiesmomenten zu fallen – es ist wie ein Aufwachen aus einem beseelenden Traum.

Auch Adam und Eva geht es so, sie erwachen, als sie die Frucht vom Baum der Erkenntnis probieren. Sie fallen aus einer träumenden Unschuld, wie es der Theologe Paul Tillich formuliert hat.

Diese Erfahrung wird zu einer Grunderfahrung des Menschen. Zu unserem Dasein gehört, uns darüber bewusst zu werden, wie fragil und versehrbar das Leben ist; uns bleibt nicht erspart, zu erfahren, dass es der Zeit unterliegt und darum zu Ende geht.

Im Paradies zu verharren hieße, auf das irdische Leben zu verzichten.

Und doch gibt es diese Augenblicke, kleine Reminiszenzen, unvergesslich schön: ein leichtes Licht, das aufs Leben fällt, ein ins Spiel versunkenes Kind, eine Sternschnuppe, die über den Himmel zieht, ein berückender Duft, der mich streift. Momente, bezaubernd und unvergesslich. Paradiesisch schön.

Bei dir

Auf Flügeln der Morgenröte
träum ich mich hierhin und dort,
flieg ich durch ferne Länder
und überquere lautlos und leicht
jedes der sieben Meere.

Mit Staren und Mauerseglern
zieh ich den Himmel entlang
und lausche dem Ruf des Kranichs
aus dem durchsichtigen Gewebe
der Sehnsucht.

Wohin ich auch geh
und mich träume,
wie weit ich auch ziehe,
wie tief ich auch falle:

Am Ende finde ich
mich wieder
und wieder
bei dir.

nach Psalm 139

Dieser Morgen

Dieser Morgen,
an dem sich kein Lüftchen regt
und der halbe Mond noch am Himmel steht
und der Tau mir glänzend die Füße kühlt
und das Blumenbeet ein Gemälde ist.

Dieser Morgen,
an dem ich das Paradies durchstreife
und traumverloren nach seinen Früchten greife
und nach der Hand eines anderen fasse
und mich Momente lang selbst vergesse.

Dieser Morgen,
er bleibt, selbst wenn er vergeht
und die Erde sich weiterbewegt
und einer mich ruft bei meinem Namen
in den Lauf des Tages und der Welt.

Auf der Lotoswiese

Dies weiß ich: dass ich mich gegen das Erwachen wehrte. Mit Händen und Füßen sträubte ich mich gegen das Geborenwerden. Wenn die Inder verkünden, dass die Seelen sich zur Geburt drängen, so kann ich von mir das Gegenteil beschwören. Ich spielte mit vielen zarten und guten Wesen auf der Lotoswiese. Es war ein ewiges Hin- und Widerneigen von uns wie von Blumen im Winde. Eine sanfte rosa Dämmerung umhüllte uns: nicht Tag, nicht Nacht. Unendliche Wohlgerüche fluteten.

Jeder war jedem gut. Und keine Seele ahnte auch nur von Bosheit und Tücke. Nun, da ich am Leben bin, in weißer Wiege liege, fühle ich in tiefstem Herzen, dass mit dem Nabelstrang auch das gleichsam seidene Band riss, das mich mit der Seligkeit verknüpfte.

Mit schmerzlichen großen Augen sehe ich nur manchmal meine Mutter, welche sich blond und lächelnd über mich neigt.

Und wie ein Schwalbenfittich rauscht kaum hörbar durch mein kleines Hirn die Erkenntnis: In jenem Blick der Mutter, mit dem sie mich abends bettet, ist ein Strahl des verlorenen Paradieses eingefangen. Und leise hebe ich die Hände, die Strahlen zu halten.

Klabund (1890–1928)

Die Träume von damals

Astronaut oder Prinzessin, Lokomotivführer oder Entwicklungshelferin, Millionär oder Nobelpreisträgerin: Unbefangen beantworten Kinder die Frage, was sie einmal werden möchten. In der Kindheit sind die Träume noch groß, die Welt steht offen und die Zukunft erscheint als ein Land der unbegrenzten Möglichkeiten.

Was wollten Sie als Kind einmal werden? Wovon haben Sie geträumt, als Sie vierzehn waren? Und später, als Sie erwachsen wurden? Wollten Sie auch nach den Sternen greifen?

Wenn man älter wird, werden einem manche Träume ein wenig peinlich. Ich belächele sie, denn heute weiß ich: Sie waren viel zu groß. Unrealistisch, wie die Sterne, nicht zu erreichen.

Es gibt aber auch Sehnsüchte, die unerfüllt geblieben sind, obwohl sie erreichbar schienen: Eine Erkrankung hat mich daran gehindert, beruflich voranzukommen. Eine Beziehung ist gescheitert. Der Wunsch nach einem Kind hat sich nicht erfüllt.

Was ist aus meinen Träumen geworden? Mir erscheint es sinnvoll, sich immer wieder einmal diese Frage zu stellen. Ich kann mich freuen über die, die sich ins Leben holen ließen. Sie erfüllen mich und machen mein Leben reich.

Ich erkenne, welche ich loslassen muss. So schaffe ich Platz für andere. Ich kann in eine neue Richtung schauen, was sich dort entdecken lässt. Und ich spüre, welche Träume noch immer als Sehnsucht in mir sind. Sie zeigen mir, was noch offengeblieben ist. Und weisen so in eine Richtung, in der ein kleines oder gar großes Glück auf mich wartet.

Ermutigung

Die alten Träume hervorholen,
sie abstauben und polieren,
bis sie wieder glänzen
und sich mit leisem Ton
zu erinnern beginnen,
bis sie noch einmal erzählen
von allem, was aussteht
und werden könnte,
wenn du es wagst.

Die Himmelsleiter

Jakob, so heißt ein Träumer, von dem das Buch Genesis – das erste der Bibel – erzählt.
Als junger Mann ist er ausgezogen in ein neues Land und ein neues Leben. Was hinter ihm liegt, ist nicht gerade heldenhaft. Er hat seinen Zwillingsbruder Esau betrogen. Esau ist kurz vor ihm geboren, darum – so will es die Tradition – steht ihm der Segen des Vaters für den Erstgeborenen zu.
Als Esau eines Abends müde von der Arbeit auf dem Feld nach Hause kommt, duftet es im Haus nach köstlichem Essen. Jakob hat ein Linsengericht gekocht. Und sein Plan geht auf: Esau ist so hungrig, dass er sein Erstgeburtsrecht gegen einen Teller Linsen tauscht.
Verkleidet als sein Bruder geht Jakob zum fast blinden Vater und empfängt den Segen für den Erstgeborenen, den er sich erschlichen hat.
Esau aber bereut seinen Tausch. So wütend ist er auf Jakob, dass der Angst bekommt und vor ihm flieht.

Und nun ist Jakob hier, in der Wüste. Das alte Leben lässt er zurück, vom neuen aber weiß er nicht, was ihn erwartet. Müde legt er sich nieder, einen Stein verwendet er als Kopfkissen.

Da durchzieht ein Traum seinen Schlaf.

Er sieht eine Leiter, die bis an den Himmel reicht. Engel steigen an ihr auf und nieder. Oben aber steht „der Herr" und segnet Jakob. Er verspricht ihm, dass die Zukunft sein wird wie weites Land und dass er selbst Jakob begleiten und behüten wird.

Am Wendepunkt zwischen Gestern und Morgen, da, wo alles verloren sein könnte, steht der Himmel offen über dem Träumenden. Durch den Schlaf weht ein Segen.

Engel, Boten Gottes, heben auf, was vergangen ist, um es zum Himmel zu tragen, zu verwandeln und zu hüten. Andere steigen vom Himmel herab, um mit in die Zukunft zu gehen als aufmerksame Begleiter.

nach Genesis 28,10-15

Gebet

Danke, Gott,
für den neuen Weg,
wo der alte zu Ende scheint.
Danke für die Tür,
die sich unverhofft öffnet
und in die Zukunft führt.
Du gibst mich nicht auf,
sondern leitest mich
auf dem Weg zum Leben.

Gott gedachte es gut zu machen

Josef, ein berühmter Träumer im Alten Testament, ist das Lieblingskind seines Vaters. Der schenkt ihm einen kostbaren Mantel. Seine Brüder – elf an der Zahl – sind sehr eifersüchtig auf ihn. Josef aber setzt noch eins drauf. Er erzählt seinen Brüdern von zwei Träumen, in denen sie sich tief vor ihm verneigt haben. Die Brüder wollen ihn loswerden. Sie nehmen Josef seinen kostbaren Mantel ab und werfen ihn in eine Grube. Später verkaufen sie ihn an eine vorbeiziehende Karawane, die auf dem Weg nach Ägypten ist. Dort spricht Josefs Begabung, Träume zu deuten, sich herum bis zum Hof des Pharao.

Der nämlich hatte einen beunruhigenden Traum: Sieben fette Kühe sah er, die aus einem Fluss stiegen. Ihnen folgten sieben magere Kühe. Die fraßen die fetten Kühe auf.

Josef deutet dem Pharao diesen Traum: Sieben Jahre mit guter Ernte stehen bevor. Doch dann kommen sieben magere Jahre, in denen die Gefahr einer Hungersnot besteht.

Darum empfiehlt Josef dem Pharao, Vorräte zu sammeln, um die Menschen auch in schlechten Zeiten versorgen zu können. Josef wird nun an den Königshof versetzt, um die Versorgung der Menschen zu organisieren. So wird er zum zweitmächtigsten Mann Ägyptens.

Als die mageren Jahre kommen, hören Josefs Brüder von den Vorräten, die es in Ägypten noch gibt, und sie ziehen los, um dort Getreide zu kaufen. Nun kommt es tatsächlich, wie Josef vor vielen Jahren geträumt hat: Die Brüder stehen vor ihm und verneigen sich.
Josef aber hat sich verändert. Er erhebt sich nicht über sie, im Gegenteil, er heißt sie willkommen, umarmt sie und hilft ihnen.
Josef erinnert sich an das, was verbindet. Nicht meine Feinde, meine Brüder seid ihr!
Und er schreibt sein Glück nicht allein sich selber zu. Das Leben hat es gut mit ihm gemeint. Ganz unten war er, und nun ist er ein angesehener, reicher Mensch. „Ihr gedachtet es böse mit mir zu machen“, sagt er am Ende zu seinen Brüdern, „aber Gott gedachte es gut zu machen.“

nach Genesis 37-50

Träume umsorgen

Behutsam den Schatz
der Träume umsorgen.
Sie sind
so zerbrechlich,
so scheu.

Von jedem lauten Ton
lassen sie sich verschrecken.
Nur der Stille
entlockst du sie.

Hörst du ihnen zu,
so fangen sie leise
zu fragen an.
Betrachtest du sie,
so beginnen ihre Bilder
zu leuchten.

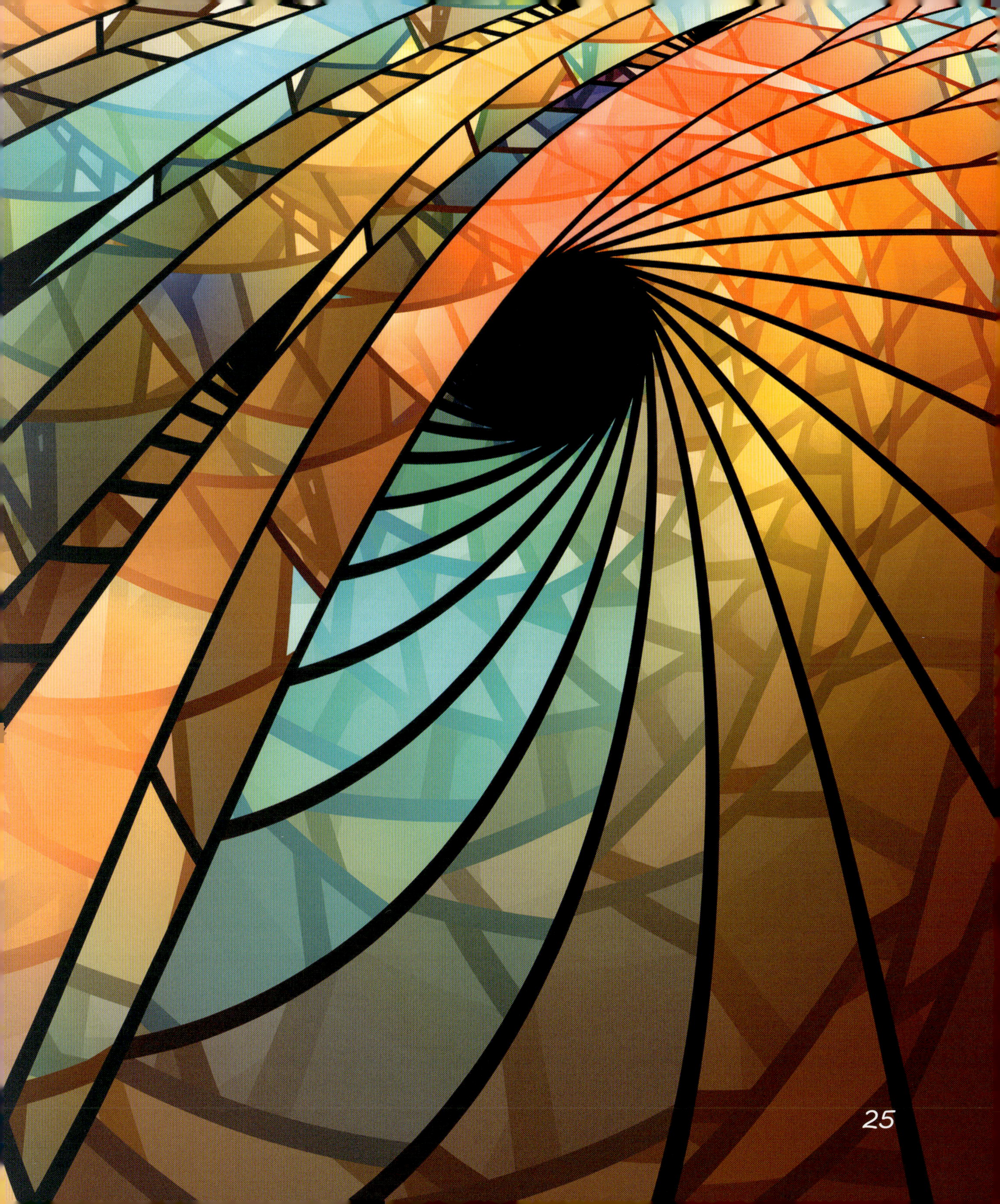

An heißen Sommertagen

Zu jener Zeit, in der die irdische Welt mir zu einer Sinnestäuschung herabgesunken war, hatte ich mir eine andere, eine so schöne hergestellt, wie eine Kinderfantasie sie nur jemals erschuf.

An heißen Sommertagen, wenn die Sonne im Scheitel stand und die Sonnenstäubchen glitzerten wie Diamanten – wenn ich da recht lang zum Himmel hinaufblickte, da glaubte ich in der leuchtenden Bläue mein Land sich spiegeln zu sehen. Seine Wälder blieben immer dicht, immer blühten seine Blumen und reiften seine Früchte. Die Männer waren hohe Göttergestalten, die Frauen alle wie Feenköniginnen. Die Hauptsache aber waren die unzähligen Kinder, von denen mein Land wimmelte. Sehr verschiedene Kinder und durchaus nicht alle gut und schön, aber alle so vollkommen frei wie junge Füllen auf unabsehbaren Weiden. Ich malte mir ihr buntes Treiben, ihre Spiele und ihre Kämpfe aus, ich dachte mich in sie hinein, ich war sie.

Nicht immer konnte ich dann die Gestalt, in der ich eben einhergewandelt war, sofort ablegen. Es blieben Überreste von ihr an mir haften. Und wieder überraschte ich meine Umgebung durch ein Gebaren von ganz besonderer Art. Gewöhnlich holte meine Schwester mich herab von einem Gipfel der Vollkommenheit oder strafte mein keckes und bubenhaftes Benehmen, indem sie ein sehr trauriges Gesicht machte, mich mit schmerzlicher Missbilligung ansah und sagte: „Du bist aber heute wieder so kurios!"

Marie von Ebner-Eschenbach (1830–1916)

Der rettende Traum

Noch ein weiterer Träumer in der Bibel trägt den Namen Josef.
Dieser Josef ist eine Schattengestalt. Vielleicht ist darum das Träumen ihm nah. Die leise Stimme der nächtlichen Bilder ist ihm vertraut. Er versteht es, sich an den Rändern zu bewegen, Dunkles zu deuten, Gefahr zu erahnen und zu handeln. Die Rede ist von Josef, der mit Maria nach Bethlehem zieht und an ihrer Seite ist, als sie Jesus zur Welt bringt. Als die Hirten und Weisen eintreffen, um das Kind zu sehen, steht Josef im Hintergrund, im ihm vertrauten Schatten.
Erst als der Besuch sich wieder auf den Weg gemacht hat, im Stall Ruhe eingekehrt ist und Maria und er sich erschöpft schlafen gelegt haben, kommt seine Stunde: Im Traum hört er einen Engel, der zu ihm spricht: Das Kind sei in Gefahr, warnt dieser. Der König Herodes habe vor, es umzubringen. Josef solle mit der kleinen Familie aufbrechen und nach Ägypten ziehen.
Josef nimmt seinen Traum ernst. Schnell weckt er Maria, packt die Habseligkeiten zusammen und macht sich mit ihr und dem kleinen Jesus auf den Weg. So rettet er dem Kind das Leben.

nach Matthäus 2,13-15

Gebet

Schenk mir, Gott,
einen wachsamen Geist
und offene Ohren
für den Wink des Engels.

Lass mich nicht zögern,
wenn ich gebraucht werde,
um Not zu wenden
und das Leben zu hüten.

Traumtagebuch

„Ich habe tief und traumlos geschlafen." So antwortet mancher auf die Frage, wie die Nacht gewesen sei.

Es mag einem so vorkommen, und doch stimmt es nicht. Denn jeder Mensch träumt in jeder Nacht. Nur machen sich die Träume oft schnell davon, und am Morgen weiß ich nichts mehr davon.

Manchmal aber habe ich schon einen so eindrücklichen Traum gehabt, dass er mich länger beschäftigte. Einige Stunden, einen Tag, eine Woche. An einige Träume erinnere ich mich über Jahre, weil sie mir Bilder zeigten, die für mich wie Wegweiser waren.

Einmal etwa hielt mein lang verstorbener Vater im Traum meine Hand, sodass ich es bis heute fühle, wenn ich daran zurückdenke. Ja, mein Vater ist noch immer bei mir, obwohl er nicht mehr lebt. Auf eine andere Weise als früher, aber doch spürbar.

Träume sind oft klüger, als ich selber es bin.

Sie kommen aus Tiefen, die mir nicht ohne Weiteres zugänglich sind. Wie unverfügbare Botschaften aus einer verborgenen Welt.

Psychologen würden diese Welt wohl das Unbewusste nennen. Mir scheinen manche Träume aber auch vom Himmel zu fallen.

Darum will ich versuchen, sorgsam auf meine Träume zu achten. Man sagt, solch ein Aufmerken stärke auch die Erinnerung an sie.
Ich lege ein Traumtagebuch neben mein Bett. Besondere nächtliche Bilder schreibe ich auf. So kann ich in meinen Träumen blättern. Und manchmal finde ich Bilder darin, die mir nachgehen oder mich warnen. Andere zeigen mir Neues auf und leiten mich durch den Tag.

Getragen

An diesem Morgen war ihre Verzagtheit gewichen. Als hätte der Traum sie beiseitegewischt. In seinen Bildern war sie mit einer Freundin zusammen im Meer geschwommen. Langsam hatten sie sich durch die Brandung gearbeitet, es war anstrengend gewesen. Doch noch war der Boden unter den Füßen da. Dann wurde es tiefer, nur die Zehenspitzen berührten den Meeresgrund. Sie sah eine Welle kommen, die ihr riesig erschien. In ihr stieg eine Angst auf, die sie auch aus dem Alltag kannte.

„Du musst dich tragen lassen", hatte eine Stimme in ihr gesagt. Und die Welle hatte sie angehoben, ganz sanft, fast wie auf der Schaukel, auf der sie als Kind so gerne gesessen hatte. Weitere Wellen kamen, sie überließ sich ihnen und wurde getragen. „Ich schaffe das", hatte sie im Traum zu ihrer Freundin gesagt. Dann war sie aufgewacht.

Als sie die Vorhänge öffnete, hatte sich ein Sonnenstrahl an den Wolken vorbeigemogelt. „Guten Morgen", sagte sie leise.

Neuland

Diese Träume,
die ein anderes Bild
von mir selber zeigen.
Ich gebe zu, sie sind
nicht immer angenehm.

Einer führt mir die Ecke vor,
in der ich aufräumen müsste.

Einer rüttelt mich auf
aus meiner Bequemlichkeit.

Einer fragt nach einer
beiseitegeschobenen Idee.

Einer wirft mich
aus meinem Wolkenkuckucksheim.

Doch wenn ich ihnen folge,
leiten sie mich ins Neuland
meines eigenen Lebens.

Klarheit im Schlaf

Eine Träumerin begegnet uns im Matthäusevangelium. Es ist die Frau des Pilatus. Ihm werden soeben Jesus und Barrabas als Gefangene vorgeführt. Pilatus hat die Macht, anlässlich des Passahfestes einen von beiden zu begnadigen.

Pilatus sitzt auf seinem Richterstuhl und hat ein mulmiges Gefühl. Er weiß, dass Jesus unschuldig ist, ja, er weiß, was zu tun wäre. Aber er drückt sich um die Entscheidung. Lieber fragt er die Menge, die sich vor ihm versammelt hat: „Wen soll ich euch losgeben?"

Da kommt in letzter Minute ein Bote angelaufen. Die Frau des Pilatus schickt ihn. Sie hat verfolgt, was im Gange war. Und es rumort in ihr und geht ihr nach bis in den Schlaf.

Irgendetwas in ihr scheint zu ordnen, was am Tag so verworren war. Denn sie hat einen Traum, der ihr Klarheit verschafft. Quälend führt er ihr vor Augen, dass Jesus zu Unrecht gefangen ist. Nichts hat er sich zuschulden kommen lassen.

Darum also hat sie den Boten losgeschickt. Eindringlich bittet, ja warnt sie ihren Mann, sich nicht schuldig zu machen, indem er ein ungerechtes Urteil spricht.

Doch das Unheil ist schon dabei, seinen Lauf zu nehmen. Gegner Jesu haben das Volk aufgestachelt. Es fordert: „Lass Barrabas frei!"

Woher kommen die Träume, die schon wissen, was uns noch nicht deutlich ist? Wer aufmerksam auf sie achtet, dem zeigen sie manchmal erstaunliche Wahrheiten auf.

nach Matthäus 27,15-26

Mondnacht

Es war, als hätt der Himmel
Die Erde still geküsst,
Dass sie im Blütenschimmer
Von ihm nun träumen müsst.

Die Luft ging durch die Felder,
Die Ähren wogten sacht,
Es rauschten leis die Wälder,
So sternklar war die Nacht.

Und meine Seele spannte
Weit ihre Flügel aus,
Flog durch die stillen Lande,
Als flöge sie nach Haus.

Joseph von Eichendorff (1788–1857)

Himmel auf Erden

Manchmal spüre ich eine Unruhe in mir, die mich weitertreibt, ohne dass ich genau sagen könnte, wohin. Als gäbe es ein Land, nach dem ich mich sehne und das ich aus eigener Kraft doch nicht erreichen kann.

Aber es gibt die Momente, in denen es da ist. Dann falle ich aus dem Alltag und aus der Zeit. Und für einige Augenblicke ist alles gut. Ich werde ganz ruhig und vor Ehrfurcht still.

Ich lege meine Hände geöffnet auf die Knie. Ich atme aus und wieder ein. So sitze ich eine Weile da und lasse mich erfüllen von einer inneren Kraft, die nicht aus mir selber kommt.

Den Himmel auf Erden gibt es nicht für immer und ganz. Nur als kleine Berührung kommt er mir nah.

Die unruhige Sehnsucht aber bleibt. Ich gehe ihr weiter hinterher.

Ich habe einen Traum

„I have a dream", „Ich habe einen Traum", so heißt es wieder und wieder in einer der berühmtesten und ergreifendsten Reden der Welt.
Der Baptistenpfarrer Martin Luther King hat sie gehalten.
Vor über 250 000 Menschen entfaltete er seinen Traum von einer Welt, in der Menschen mit schwarzer und weißer Hautfarbe friedlich miteinander leben. Die Enkel und Urenkel von Sklaven und Sklavenhaltern sitzen miteinander am Tisch wie Geschwister. Menschen werden nicht mehr wegen ihrer Hautfarbe unterdrückt.
Als charismatischer Sprecher der Bürgerrechtsbewegung hat Martin Luther King sich gegen Ungerechtigkeit und Unterdrückung eingesetzt und die Rassentrennung in den USA angeprangert, bis sie schließlich aufgehoben wurde. Biblische Bilder waren ihm dafür Inspiration und Begründung. 1964 erhielt King für sein soziales Engagement den Friedensnobelpreis. 1968 wurde er von einem Attentäter erschossen.

IMAGINE
PURPLE RAIN
PEACE
AND
COME TOGETHER
BERKELEY
LE MONDE EST
YVOU
MALIKOU

Wir werden sein wie die Träumenden

Wenn der Herr die Gefangenen Zions erlösen wird,
so werden wir sein wie die Träumenden.
Dann wird unser Mund voll Lachens
und unsere Zunge voll Rühmens sein.
Da wird man sagen unter den Völkern:
Der Herr hat Großes an ihnen getan!
Der Herr hat Großes an uns getan;
des sind wir fröhlich.
Herr, bringe zurück unsre Gefangenen,
wie du die Bäche wiederbringst im Südland.
Die mit Tränen säen,
werden mit Freuden ernten.
Sie gehen hin und weinen
und tragen guten Samen
und kommen mit Freuden
und bringen ihre Garben.

Psalm 126

Ahnung

Eine Ahnung nur
ist dieses Zuhause,
das vor mir schon war
und nach mir noch sein wird.

Ich halte mich
an das Versprechen,
dass dort einer wartet,
der sein Versprechen hält.

Vom Leben mit ihm,
der war, ist und bleibt
jenseits der Zeit.
In Ewigkeit.

Die Welt verändern

Was kann ich bewirken, wenn ich anfange, die Welt im Kleinen und Größeren um mich herum anders zu träumen? Veränderungen beginnen ja immer mit der Vision, was anders sein könnte. Im Blumenbeet oder im Wohnzimmer, aber ebenso in meiner eigenen Familie und in der Nachbarschaft.

Dann stellen sich dazu Ideen ein, wie ich es hinkriegen könnte. Ich beginne, Neues zu pflanzen oder umzuräumen, ich spreche mit Partner, Partnerin und Kindern und lade die Nachbarn ein.

Und was ließe sich verändern in unserem Dorf oder unserer Stadt? Für die größeren Visionen kann ich nach Leuten Ausschau halten, mit denen ich es gemeinsam angehen kann. So entstehen Bürgerinitiativen oder Tauschbörsen, Integrationscafés oder Tafeln für Obdachlose.

Auf diese Weise spüren viele Menschen: Ich kann etwas bewirken in der Welt. Im Kleinen, in meinem eigenen Leben und meinem Umfeld. Aber auch darüber hinaus für das Leben anderer.

Fachleute nennen diese Erfahrung, etwas Gutes ausrichten zu können, „Selbstwirksamkeit". Sie trägt wesentlich dazu bei, dass ich mein Leben als sinnvoll empfinde und glücklich bin.

Segenswunsch

Ich wünsche dir,
dass Träume dich tragen
über den Alltag hinaus
in die Ferne.

Wie eine Brise
wehe frisch die Frage
durchs Fenster,
ob denn wirklich alles
so bleiben muss,
wie es war.

Utopie

Ich seh' ein Land mit neuen Bäumen.
Ich seh' ein Haus aus grünem Strauch.
Und einen Fluss mit flinken Fischen.
Und einen Himmel aus Hortensien seh' ich auch.

Ich seh' ein Land von Unschuld weiß.
Und einen Berg, der unberührt.
Im Tal des Friedens geht ein junger Schäfer,
der alle Tiere in die Freiheit führt.

Ich hör' ein Herz, das tapfer schlägt,
in einem Menschen, den es noch nicht gibt,
doch dessen Ankunft mich schon jetzt bewegt.
Weil er erscheint und seine Feinde liebt.

Das ist die Zeit, die ich nicht mehr erlebe.
Das ist die Welt, die nicht von uns'rer Welt.
Sie ist aus feinstgesponnenem Gewebe,
und Freunde, glaubt und seht: sie hält.

Das ist das Land, nach dem ich mich so sehne,
das mir durch Kopf und Körper schwimmt,
mein Sterbenswort und meine Lebenskantilene,
dass jeder jeden in die Arme nimmt.

Hanns Dieter Hüsch (1925–2005)

Gott träumt in uns

Und Gott, ist er nicht selber ein Träumer?
In einer Vision offenbart er dem Seher Johannes seinen Traum von einer anderen, neuen Welt:
Dort wird er selbst unter den Menschen wohnen und ihnen alle Tränen abwischen.
Leid, Geschrei und Schmerz werden nicht mehr sein. Selbst der Tod wird nicht mehr sein, denn das Leben hat ihn überwunden.
Es ist, als habe dieser Traum mit Jesus die Erde schon betreten.
Mancher hat in seiner Nähe wohl gedacht, er träume.
Die verkrümmte Frau, die er aufrichtete und die nun den Himmel wieder sehen konnte.
Bartimäus, der blinde Bettler, dem er die Augen öffnete.
Die Aussätzigen, die nun nicht mehr ausgestoßen wurden, sondern unter den anderen Menschen wohnen konnten.
Und schließlich die Jünger, die Jesus wiedersahen, obwohl er doch am Kreuz einen elenden Tod gestorben war.

Der Traum von der anderen Welt, in der Schmerz und Leid, ja der Tod selber nicht mehr sein werden: Er ist nun in uns Menschen. Wir träumen ihn weiter, er entfaltet seine Kraft in uns. Dann wischen wir Tränen ab, lindern Leid und besänftigen Geschrei.
Gott träumt seinen Traum in uns und verändert durch uns die Erde.

nach Offenbarung 21

Anfang und Ende

Und ich sah einen neuen Himmel und eine neue Erde; denn der erste Himmel und die erste Erde sind vergangen, und das Meer ist nicht mehr. Und ich sah die heilige Stadt, das neue Jerusalem, von Gott aus dem Himmel herabkommen, bereitet wie eine geschmückte Braut für ihren Mann.
Und ich hörte eine große Stimme von dem Thron her, die sprach: Siehe da, die Hütte Gottes bei den Menschen! Und er wird bei ihnen wohnen, und sie werden seine Völker sein, und er selbst, Gott mit ihnen, wird ihr Gott sein; und Gott wird abwischen alle Tränen von ihren Augen, und der Tod wird nicht mehr sein, noch Leid noch Geschrei noch Schmerz wird mehr sein; denn das Erste ist vergangen. Und der auf dem Thron saß, sprach: Siehe, ich mache alles neu!
Ich bin das A und das O, der Anfang und das Ende. Ich will dem Durstigen geben von der Quelle des lebendigen Wassers umsonst.

Offenbarung 21,1-6

Träum weiter

Träum weiter,
ja, hör nicht auf.
Träum ihn weiter,
Gottes Traum vom Leben,
von den Tränen,
die abgewischt,
und den Menschen,
die getröstet werden.
Seinen Traum
von einer Erde
ohne Leid und Geschrei.
Träum ihn
ins Leben,
damit Gott schon heute
mitten unter uns wohnt.

Gebet

Gott des Lebens,
lass mich
auch in vertrauten Räumen
immer wieder
den Lockruf
der Träume hören.

Schenk mir den Mut,
mitten im Alltag
gelegentlich
nach den Sternen
zu greifen.

Gib mir Kraft,
dem Wagnis
die Hand zu reichen
und die Tür zu öffnen
für Veränderung.

Die Autorin

Tina Willms, geboren 1963, studierte evangelische Theologie in Bethel und Heidelberg. Tätigkeit in Krankenhaus und Kirchengemeinde, seit einigen Jahren freie Autorin. 2003 ausgezeichnet mit dem ökumenischen Predigtpreis für die beste Morgenandacht im Radio, 2010 Preisträgerin des Hildesheimer Lyrikwettbewerbs. Zahlreiche Veröffentlichungen in der Agentur des Rauhen Hauses.

Textnachweis

Seite 54: Hanns Dieter Hüsch, Utopie (Ich seh' ein Land),
aus: Hanns Dieter Hüsch/Uwe Seidel, Ich stehe unter Gottes Schutz, S. 81, 2018/16,
© tvd-Verlag Düsseldorf, 1996

Die Bibelzitate sind entnommen aus: Lutherbibel, revidierter Text 2017,
© 2016 Deutsche Bibelgesellschaft, Stuttgart

Bildnachweis

Titel, Seite 1 und Seite 24/25: © sakkmesterke/Fotolia.com; Seite 3: © Martina Schikore/Fotolia.com; Seite 4/5: © haiderose/Fotolia.com; Seite 6/7: © tstock/Fotolia.com; Seite 6/7 unten: © Jürgen Fälchle/Fotolia.com; Seite 8/9: © sbw19/Fotolia.com; Seite 10/11: © Yakov/Fotolia.com; Seite 12/13: August Malmström, Älvalek (Elfenreigen), Öl auf Leinwand, 1866; Seite 14/15: © iStockphoto.com/Alex; Seite 16/17: © Friedberg/Fotolia.com; Seite 18/19: © Robert Kneschke/Fotolia.com; Seite 20/21: © C. Müller-Häublein/Fotolia.com; Seite 22/23: © ExQuisine/Fotolia.com; Seite 26/27: John Constable, Weite Landschaft mit grauen Wolken, Öl auf Papier auf Leinwand, um 1821; Seite 28/29: © pwmotion/Fotolia.com; Seite 29: © Angelo D'Amico/Fotolia.com; Seite 30/31: © Konstiantyn/Fotolia.com; Seite 32/33: © iStockphoto.com/bgfoto; Seite 33: © iStockphoto.com/Highwaystarz-Photography; Seite 34/35: © Delphotostock/Fotolia.com; Seite 36/37: © alexkich/Fotolia.com; Seite 38/39: © Laura Pashkevich/Fotolia.com; Seite 40/41: Vincent van Gogh, Zypresse gegen den Sternenhimmel, Öl auf Leinwand, 1890; Seite 42/43: © Leonid Tit/Fotolia.com; Seite 46/47: © Graldine/Fotolia.com; Seite 48/49: © Lars Gieger/Fotolia.com; Seite 50/51: © philipk76/Fotolia.com; Seite 52/53: © iStockphoto.com/nicolamargaret; Seite 54/55: Paul Klee, Orientalischer Lustgarten, Öl auf Karton, 1925; Seite 56/57: © iStockphoto.com/kuarmungadd; Seite 58/59: © Patryk Michalski/Fotolia.com; Seite 60/61: © iStockphoto.com/monkeybusinessimages; Seite 62/63: © David Carillet/Fotolia.com

AGENTUR
DES RAUHEN HAUSES
SEIT 1842

Gedruckt in Deutschland

ISBN 978-3-7600-1315-2
Best.-Nr. 1 1315-2